1912 - Mai 18.

(N° 268)

COLLECTION

DE

M. A. MÜHLBACHER

Estampes et Dessins

CONCERNANT

LES

VOITURES

TRAINEAUX

Me F. LAIR-DUBREUIL

M. LOYS DELTEIL

CATALOGUE
DES
ESTAMPES
ET DES
DESSINS
CONCERNANT LES VOITURES

TRAINEAUX

Formant la Collection de M. A. Mühlbacher

Et dont la Vente aura lieu

à Paris

HOTEL DROUOT, SALLE N° 1

LE SAMEDI 18 MAI 1912

A DEUX HEURES PRÉCISES

Par le Ministère de Mᵉ F. LAIR-DUBREUIL

COMMISSAIRE-PRISEUR

6, rue Favart, 6

Assisté de M. LOYS DELTEIL, Graveur et Expert

2, rue des Beaux-Arts

CONDITIONS DE LA VENTE

Elle sera faite au comptant.

Les adjudicataires paieront *dix pour cent* en sus des enchères.

M. Loys Delteil remplira les commissions que voudront bien lui confier les amateurs ne pouvant y assister.

EXPOSITIONS

Chez l'Expert, 2, rue des Beaux-Arts, les Mardi 14 et Mercredi 15 Mai 1912, de 2 heures à 5 heures.

A l'Hôtel Drouot, Salle N° 1, le Vendredi 17 Mai, de 1 heure 1/2 à 6 heures.

Paris. — Imp. de l'Art, Ch. Berger, 41, rue de la Victoire

DÉSIGNATION

N.-B. — Les Estampes ou Dessins catalogués sous les numéros 1 à 143 sont encadrés.

Les Estampes, sauf indication contraire, sont *coloriées* et un petit nombre d'entre elles ont été *vernissées*.

ACKERMANN (Éditeur)

1. *Returning from Ascot Races*, 1839.

ADAM (Victor

2. Départ pour Long-Champs. — Retour de Chantilly. Deux pl.

ALKEN (D'après H.)

3. *Fores's Steeple Chase Scenes*, par J. Harris, pl. 1 à 4.

4. *Fores's Contrasts : The Driver of 1832. — The Driver of 1852*, par J. Harris, 1852.

5. *Changing horses at the Plough*, par C.-R. Stock, 1882.

6. *The last at the black Swan*, par C.-R. Stock, 1882.

7. *Going to the Meet. — Waiting to Change*. Deux pl., par Stock.

ALKEN (D'après)

8. *Winter. — Summer.* Deux pl., par E.-G. Hester, 1869.

9. *Fores's Sporting Scraps,* par J. Harris, pl. 2 et 4.

10. *The Mail Coach,* par G. Hunt, 1823.

11. *A Sporting tandem,* par R.-G. Reeve. Deux épreuves.

12. *A Fine-young English Gentlemen,* par C. Hunt.

13. *Something Slap.— A Hunting Phaeton. — Going the Derby.* Trois pl. par C. Hunt.

ALKEN LE JEUNE (D'après H.)

14. *The Road,* par H. Pyall, 1832.

AUDY (J.)

15. Le Passage du Gué. Aquarelle. Signée.

BADOIS (E.)

16. Voiture de promenade. Peinture. Bois. Signée.

BARRAUD (D'après Henry)

17. *Rotten Row,* par Simmons, 1867.

BAYNES (T. M.)

17 *bis. View of the North bank of the Thames from Westminster brige to London...* Très grande planche.

BIRD (H.)

18. *Two Favourites : James Selby...* 1888.

BIROL (A.)

19. *Coach Match against time,* 1888.

BOULT (Cecil)

20. *Better Keep to the road Miss!* 1886. — *Country.* — *Going to the Meet,* 1881. — *I Wish They'd Kill him!* Quatre pl.

CARRASSI (Ant.)

21. Carrosse attelé. Important dessin aquarellé et rehaussé d'or. *Signé.*

22. Voiture de Gala. A la plume, lavé d'encre de Chine, signé et daté: 1802.

CAMPLIANI (A.)

23. Une Fête à Naples. Aquarelle gouachée. Signée.

CHARON

24. *Voiture de S. M. le Roi de Rome. Donnée par la Ville de Paris le 1er janvier 1812*, d'après Binelli.

COVDREY

25. La Diligence. Aquarelle gouachée.

DEBUCOURT (P. L.)

26. Calèche se rendant au rendez-vous de chasse, d'apr. C. Vernet (M. Fenaille 181). Très belle épreuve du 2e état, *avant le titre* (légères piqûres).

DELARUE (Fortuné)

27. Diligence. Lithographie in-folio.

28. Première pensée de la pièce précédente. Dessin à la plume.

DICKINSONS (à Londres, chez)

29. *A Meet of the Four-in-Hand Driving Club in Hyde Park*, 1882.

DOWNMANN (D'après).

30. *A Curricle — A Tandem.* Deux pl. par J. Clark, 1810, se faisant pendants.

DUBOURG (M.)

31. *Mail Coach*, d'ap. J.-L.A. 1824.

ÉCOLE FRANÇAISE (XVIIIe siècle)

32. Carrosse de gala, avec motifs peints, composition d'Oudry. Important dessin à l'encre de Chine, lavé d'aquarelle.

33. Carrosse de gala. Dessin à la plume, lavé d'aquarelle.

34. Carrosse de gala. Dessin aquarellé et gouaché.

35. Carrosse. Dessin à la plume, lavé d'aquarelle et d'encre de Chine.

36. Carrosse. A l'encre de Chine, avec rehauts.

37. Carrosse de gala (Berline), 1816. Importante aquarelle, rehaussée d'or.

38. Carrosse de gala (1er tiers du XIXe siècle), planche d'ensemble et de détails. Dessin à l'encre de Chine, rehaussé d'aquarelle.

ÉCOLE ITALIENNE (XVIIIe siècle)

39. Carrosse de gala. Dessin aquarellé et rehaussé d'or.

FOURDIN (Charles)

40. Carrosse de gala du Roy Louis XIV. Dessin aquarellé, rehaussé d'or.

41. Carrosse de gala du Roy Louis XV. Dessin aquarellé, rehaussé d'or.

42. Carrosse de gala, ayant servi pour le sacre de Charles X, modifié pour le baptême du Prince Impérial. Dessin aquarellé et rehaussé d'or.

FRITH (D'après W.-P.)

42 *bis*. *The Derby day*, par Blanchard, 1863 (déchirure).

HARINGTON (D'après)

43. *The Leading road coaches leaving the white horse cellars*, par Stock, 1890.

HARRIS (J.)

44. Le Passage du Gué, d'apr. E. Guérard, 1863.

HAYES (D'après M.-A.)

45. *On the Road... — Arriving at the end à Stage. — Genting ready... — Taking up a passager. — Dropping a passenger. — The Arrival at Waterfood.* Six pl. par J. Harris.

HENDERSON (D'après)

46. *Returning from ascot Races*, par E. Duncan, 1839.

47. *Fores's coaching incidents.* Suite de 6 pl., par J. Harris, 1842-1843.

48. *The Turnpike Gate*, par J. Harris, 1879.

HENDERSON (D'après)

49. *Changing Horses*, par J. Harris, 1842.

50. *Pulling up to un skid. — The Olden time. — Waking up. — Changing Horses. — All Right. — The Night Team.* Six pl. par Papprill.

51. *The Old Time. — Pulling... — All Right. — Going to cover.* Quatre pl. par Harris et Hunt, formant série.

52. *Going to the moors*, par J. Harris, 1847. — *Going to the meet*, par Hunt. Deux pl.

HERRING (D'après J. F.)

53. *Extraordinary trotting match against time*, par C. Hunt, 1839.

54. *Return from the Derby*, par J. Harris, 1862.

55. *The Cab Horse* (Sr James). — *The Cabe-horse* (St Giles). Deux pl. par J. Harris.

56. Going to Lincoln Fair, par C. Hunt, 1875.

57. *The Tandem. — The Drags* — Harring's sketcher, pl. 3. Trois pl. par Hunt et Huffam.

HILLYARD (D'après J. W.)

58. *The Oversight*, par C. N. Smith, 1849.

HUNT (G. et C.)

59. *The Celebrated American Trotting Horse, Tom Thumb*, 1829.

60. *Royal Mails, Starting from the Post Office, Lombard Street*, 1827.

HUNT (G. et C.)

60 *bis*. La même estampe.

61. *The New London Royal Mail.* — *The Birth day team* — *Stage coach*. Trois pl.

JANTRE (F.)

62. Crinoline 1859 : Brompton. — Cremorne. — St John's wood. Trois pl.

JAZET (J. P. M.)

63. Malle-poste anglaise, d'ap. Pollard. — Diligence française, d'ap. H. Lecomte, 2 pl. se faisant pendants.

J. L. A.

64. *Mail Coach*, par F. C. Lewis, 1820.

JENKINS (J.) et **JUKES**

65. *A Country Race Course with Horses Running*, d'apr. W. Mason, 1786.

JOUANNY

66. Voitures de chasse et diligences, 3 lithographies.

LAGARD (L.)

67. Landau présidentiel. Aquarelle rehaussée d'or.

LAMI (D'après Eugène).

68. Courses de Chantilly, par Newton Fielding, 1841.

LEWIS (à Londres, chez T. C.)

69. *The Old Birmingham Coach* (en noir).

MALECK

70. *Elegante Equipagen.* Suite de 6 lithographies.

MANIGAUD (Cl.)

71. Le Quai d'Orsay. — La Pelouse d'Auteuil. La Place de la Concorde. — Retour des Courses. Suite de 4 pl., d'apr. Bodoy.

MANSFIELD

72. Équipages célèbres des notables de la ville de Vienne (Autriche). Douze lithographies à double motif en forme de frises.

MOORE (à Londres, chez J.)

73. *Mess[s] Truman, Hanbury, Buxton et Co's Brewery,* 1842.

MORTON (d'après G.)

74. *The New Steam Carriage,* par Pyall.

75. *Cabriolet et Stanhope,* par H. Alken, 1827.

M. E.

76. *Barouche,* 1825.

NEWHOUSE (d'après C. B).

77. *The Mail Arriving at Temple Bar,* par J. Baily, 1834.

78. *A. False Alarm on the Road to Gretna. — One Mile from Gretna,* 2 pl., par G. Reeves, 1836.

79. Opposition Coaches at Speed, par F. Rosenberg, 1832.

80. *Scottish Election,* par C. Rosenburg. Deux pl.

ORLOWSKY (A.)

81. Voiture Russe, 1826.

POLLARD (James)

82. *Epsom Races.*

83. *West Country Mails at the Gloucester coffee house, Piccadilly*, par C. Rosenberg, 1828.

84. — The General Post Office, London, 1830, par Reeves.

85. *The Royal Mails preparing to Start*, par F. Rosenberg, 1831.

86. *A North East view of the New General Post Office*, par H. Pyall, 1832.

87. *Godwood Races*, par H. Pyall, 1834.

88. *Quicksilver Royal-Mail. — The Liverpool Umpire*, par Hunt, 1835. Deux pl.

89. *The Elephant and Castle on the Brighton Road*, par Th. Fielding, 1826.

90. *A View on the Highgate road*, par G. Hunt.

91. *Race for the Great St Leger Stackes, 1836*, par Harris.

92. *Hyde Park Corner. — Kennington Gate. — The Cock, at Sutton*, 3 pl., par J. Harris, 1838.

93. *The New General Post Office, London 1849.*

93 *bis.* La même pièce.

94. *The Central Post Office, London*, par R.-G. Reeves.

POLLARD (James)

95. *Stage Coach et Opposition Coach in Sight. — Changing Horses to the Mail Coach. — Arrival of the Stage Coach. — Stage Coach Setting Off.* Suite de 4 planches, par Havell.

96. *The Mail Coach in a Storm of Snow. — The Mail Coach in a drift on Snow. — The Mail Coach in a Flood. — The Mail Coach in a Thunder...* Suite de 4 pl., par G. Reeves.

97. *Approach to Christmas. — A Mail in deep. snow.* 2 pendants, par G. Hunt.

97 *bis. Approach to Christmas*, par G. Hunt.

98. *Bowdens coaching recollections*, 1881, 4 pl.

99. *Stage Coach. — Mail Coach.* Deux pl., par F. Rosenberg, 1829.

100. *A View on the Highgate Road*, par G. Hunt.

101. *Tandem*, par J. Gleadah, 1823. — *The Cambridge Telegraph*, par Hunt. — *The Lord Nelson inn Cheam.* Trois pl.

102. Doncaster Races, pl. 2, 3, 4, par Harris. Trois pl.

103. *On Time*, 1895. — *Good Company. — Behind Time. — West Country. — Highgate Tunnel.* Cinq pl.

PRIEUR (L.)

104. *Voiture qui a servi au Sacre du Roi à Rheims, le 11 Juin 1775.*

PYALL

105. *His late Royal highness the Duke of York*, d'apr. Egs.

RAFFET (A.)

106. Carrosse du Saint-Père, *Rome, 3-4 mai 1850*. Dessin rehaussé d'aquarelle. Collection H. Giacomelli.

ROWLANDSON (D'après)

107. Le Départ de la Diligence.

SHAYER (D'après J. W.)

108. *The Duke of Beaufort Coach*, par C. Hunt, 1841.

109. *The Brighton day Mails, passing over hookwood. Common*, par C. Hunt, 1867.

110. *Up Hill, Springing'em.— Down hill*. Deux pl., par H. Papprill, 1867.

111 — *The Right sort. — The Early... — The First change up. — The Last Change Down*, 4 pl. par Harris, 1863.

112. *Brighton Coach*, par C. Hunt, 1867.

113. *Coaching Incidents*, par G. Haster, 1875.

114. *Down hill, The Turnpike Gate, Up Hill. — The up Journey. — The Halfway*. 2 pl. à 3 sujets par Stock.

115. *R. Ackermann's Coaching Scenes*. 4 pl. par J. Harris.

116. Les Saisons, 4 pl. par Stock, 1886.

SHELDON-WILLIAMS

117. *Foing to Cover*, par C. Hunt, 1870.

STURGESS (John)

118. *Fox-hunting*, pl. 1, par W. Summers, 1878.

SUTHERLAND (T.)

119. *Tandem*, 1825.

T*** (Baptiste)

120. Dessin géométral de toutes les pièces qui entrent dans la fabrication des voitures, 1813.

TREGUAR (G.-S.)

121. *Paris and Dover Coach*, par R.-G. Reeve, 1826.

122. *French Diligence*.

TURNER (D'après F.-C.)

123. *Artaxerxes*, par R.-G. Reeve, 1837.

VANERVE (D'après)

124. *Dessin de Carrosse d'Ambassadeur*, par Paty.

VERNET (Carle)

125. Cheval Romain. — Ali. — Cheval Espagnol. — Milton. 4 pl.

VERNET (Horace)

126. Malle-poste. — A Stage coach. Deux planches, se faisant pendants.

WALKER (D'après J.-F.)

127. *The Crack team of 1858*, par J. Harris, 1858.

128. *Four in hand*, par J. Harris, 1871. — *The Waggonete*, par Hunt et fils. Deux pl., se faisant pendants.

WALSCH (D'après N.-H.)

129. *The Last Change... — Old Times... — Three Minutes... — We shall... — The Old. . — A Spicy...* Six pl. par Stock, 1883.

DIVERS

130. *Full Swing. — Behind time. — Going a head. — Putting to. — Changing horses. — Racing.* Six pièces formant série.

131. *The Meeting of the Mails. — The Sleepy postmistress.* 2 pl. se faisant pendants, 1889.

132. *Mail coach by Morlight. — All Right. — The York Stage. — The Mail Change.* Quatre pl.

133. Voitures anglaises, série de 4 pièces (sans marges).

134. *Royal Mails, starting from the Post Office.*

135. Booking Office, 2 épreuves.

136. *Hyde Park Corner.*

137. *Four in Hand. — The Edimburgh Express. — The Opposition coaches.* Trois pl.

138. Voitures. Deux peintures anonymes. Collection Roche.

139. Voitures de voyage. Deux dessins aquarellés.

140. Voitures diverses. Cinq peintures anonymes.

141. La Diligence. Peinture à deux faces.

142. Le Carrossier. Dessin à l'encre de Chine, rehaussé de sépia.

DIVERS

142 *bis*. Groupe de voitures champêtres (École hollandaise, XVIIe siècle). Dessin à la plume.

143. Retour de la Chasse (sans marges).

144. Voiture aux chèvres.

145. Traineau orné a l'avant d'une biche aux pattes allongées.

146. Traineau de forme Louis XV orné a l'avant d'un col de cygne terminé par une tête d'aigle.

146 *bis*. Armes, armoiries, chiffres et emblèmes, 25 motifs peints ou plaquettes bronze, etc.

ACKERMANN (R.) et STADLER (J. C.)

147. *A Second book... of Modern Carriages* (1793). Couverture et 11 pl. (sur 12) en 1 alb. in-4 obl. cart.

ADAM (Victor)

148. La Diligence. — L'Estafette. — La Malle-Poste. — La Chaise de Poste. Suite de 4 pl. *tirées sur teinte* et *coloriées*.

149. Voitures, pl. 2, 4 à 6, 8 à 12, 17, 20, 22 à 24, soit 14 pl.

150. Diverses voitures (à double motif), pl. 4, 5, 7, 8, 10, 12 à 14, 16, 17, 19 à 24, soit 16 pl. *tirées sur teinte* et *coloriées* (plusieurs piquées).

CHOPARD (J. F.)

151. L'Art des Voitures enseigné par différents dessins, 2 cahiers (pl. 1 à 13) et (B. 1 à 12), soit ensemble vingt-cinq pl. en 1 alb. in-fol. cart. anc.

DARJOU (A.)

152. Charges relatives aux Voitures, six feuilles de croquis avec légendes.

GETTING

153. Carrosses et voitures de luxe. Vingt-deux dessins en album.

GOYA (D'après F.)

153 *bis. Nouveaux Caprices de Goya... trente-huit dessins inédits publiés par Paul Lafond.* — Paris, 1907. — 1 vol. in-4 cart.

JAMEL

154. Cahier de Diligences, cahiers A à F inclus, soit 36 pl., par Choffard, en 1 alb. in-4 obl. cart.

JAVEL

155. *Livre de dessain de voiture dédier à M. Louis Mtre Sellier par Javel Sculpteur à Paris ce deux Mars 1779*, titre et 10 dessins rehaussés en 1 alb. in-4 obl. cart.

LAMI (Eugène)

156. Voitures (184-195), 6 pl. (sur 12). — Le Harnais neuf. — Valet d'attelage. — Le Barrière. — Tandem. Dix pl. (*4 coloriées*).

LAMI (Eugène)

157. Six Quartiers de Paris (254-259), 5 pl. (sur 6), *coloriées* (courtes de marges).

158. Tribulations des gens à équipages (272-277), 6 pl. (*5 coloriées*).

159. Panorama du Bois de Boulogne, 10 pl. (sur 12) *coloriées*.

LŒILLOT-HARTWIG (K.)

160. Suite de Voitures, 1824, 14 pl. Belles épreuves, *coloriées*.

161. Doubles de la suite précédente, 11 pl. *coloriées* (courtes de marges).

162. Malle-poste anglaise. — Diligence anglaise. — Une Voiture de Saint-Germain. — Les Jumelles. — Diligence française. Cinq pl. Belles épreuves (4 *coloriées*).

163. Une Calèche de voyage. — Diligence anglaise. — Malle-poste anglaise. — Les Jumelles. — Une Voiture de Saint-Germain, 5 pl. (une *coloriée*).

POTÉMONT (Ad. Martial)

164. ANCIEN PARIS, 300 EAUX-FORTES, PAR A.-P. MARTIAL. Exemplaire sur Chine (incomplet de 12 pl.), soit 288 pièces.

RAFFET (A.)

165. Voitures publiques (H. G. 261-268). Suite complète de 8 pl. Très belles épreuves (quelques piqûres).

166. Doubles de la suite précédente. Dix pl. (la plupart en belles épreuves).

ROUBO (A.-J.)

167. Cinquante-trois planches pour un Traité de Carrosserie, gravées par Roubo, Michelinot et P.-L. Cor.

SWEBACH (Ed.). — **ADAM** (V.), etc.

168. Voitures et chevaux, 45 pièces diverses.

VALENTINI (Piétro). — **CRECCOLINI** (A.)

169. Voitures italiennes. Vingt-cinq pl. Belles épreuves.

VALLET (L.)

170. *Collection Guiet. — **Histoire des Voitures et des Attelages, 20 planches originales en couleurs, par*** *L. Vallet.* Paris, 1896. Exempl. un peu défraichi.

171. Caricatures relatives aux Voitures, au Jeu de Billard, à la Boxe, à la Chasse, etc. 41 pl., *coloriées.*

WORTH (Th.). — **CAMERON** (J.)

172. Charges sur les chevaux et les voitures, 1872, 35 pl. en 1 alb. petit in-fol. cart.

PIÈCES DIVERSES
RELATIVES A LA CARROSSERIE

173. *Traité des Voitures pour servir de supplément au nouveau parfait maréchal avec la construction d'une berline nouvelle, nommée l'Inversable.* — Paris, Savoye, 1756. — 1 vol. gr. in-8, pl., rel.

174. Carrosse (XVIIIe siècle). Douze dessins à la plume, rehaussés d'aquarelle.

175. Carrosses. A la plume, rehaussé d'aquarelle.

PIÈCES DIVERSES RELATIVES A LA CARROSSERIE

176. Voitures diverses et détails (époque Louis XVI). Douze dessins à la plume, lavés d'aquarelles, en cahier.

177. Voitures diverses (xviiie siècle), 36 pl. en 1 alb. in-4 obl. cart. Belles épreuves, *coloriées.*

178. La même série (en noir), moins la pl. 30.

179. Voitures (Fin du xviiie siècle), 36 pl. in-4 obl., en cahier.

180. Détails de carrosses, 5 dessins à la plume avec rehauts de sépia ou d'encre de Chine.

181. Voitures. Cinq dessins à la plume, lavés d'aquarelle.

182. Voitures diverses (débuts du xixe siècle), 35 dessins rehaussés d'aquarelle, en 1 alb. in-4 obl., cart.

183. Voitures diverses (Restauration). Dix dessins à la plume, lavés d'aquarelle.

184. Voitures de luxe. Six aquarelles (2e moitié du xixe siècle).

185. — Voitures et coupés de luxe. Quarante et une aquarelles, de l'époque du 3e Empire, plusieurs *avec papillons.*

186. Détails de carrosserie, 36 dessins et croquis.

187. *Atlas zum Handbuch für Wagenbauer... von Ludwig Bedman in Hamburg*, s. d. — 47 pl. en 1 alb. in-4 obl.

PIÈCES DIVERSES RELATIVES A LA CARROSSERIE

188. Voitures de luxe, 55 dessins à la mine de plomb en 1 album in-4, cart. (vers 1880).

189. Voitures de maître. Six aquarelles (vers 1880).

AUTOGRAPHE

190. Lettre autographe signée d'Aug. de Saint-Aubin au libraire Renouard. — 1 p. in-8.

191. Sous ce numéro, il sera vendu un certain nombre de pièces encadrées ou non, recueils, dessins, etc.

TRAINEAUX

192 à 194 — Trois traîneaux : la Biche. — L'Impératrice. — Le Col de Cygne.

www.ingramcontent.com/pod-product-compliance
Ingram Content Group UK Ltd.
Pitfield, Milton Keynes, MK11 3LW, UK
UKHW021036260726
13994UKWH00005B/2194

9 782329 393612